奥間楚乃

黯《くら》らかな静寂《しじま》、すべて一滴の光

奥間埜乃

書肆山田

黯《くら》らかな静寂《しじま》、すべて一滴の光

眩暈と耳鳴り、夜の感覚

*

わたしが話し終えたことはみんな忘れてしまったこと

息をする理由にわたしたちは傷痕をいたわり
おのおの髪を梳きながら
こう言うのだった
彼女はわたしの頭を抱き
彼はわたしの腕をとり
わたしはほつれた話となる

攣れゆく指の角度に
それをわたしは知っていた
なにも言わずとも
あなたは再帰的に軋みたわみ
滲む透明な血漿であらたな箇所を上塗りする
そのようなさまに
多くがぼやいたとノートへ記されるだろう
わたしはうち焦がれ
その口腔に軽やかなレシを探す

そして少しずつすべてを忘れていく

さざめき
鼓膜の微震
届くのはただ、闇のしずけさ、その気配

＊

まなじりに沿って
だれとも交差しない点を
ある日と呼び入れるひそやかな指先へ見て
爪の隙間に入り込んだ
あの影を愛おしむ灰色の皮膜が
過去ー未来ー永劫と嘯いただろうか

ほころびが

花々に舞い
ひとひら
　ひらひら
リフレインを呼ぶ
それは
だれかのイミテーションとなる

暗い部屋、蒼色の空間一時間がみえる
そのために宙を見ている

夜、眩暈、そして耳鳴り

＊

とつとつとシグナルを送る凹んだ臍《ほぞ》のうえにわたしの指がなめらかな波紋を広げたとき、彼女は水面から、深く、深く、いつもの姿勢で沈んでいっている最中だった。

そう、いつもならわたしをハグするためのこと、彼女は陽が射し込まなくなる水底へとゆっくりゆっくり降りていく。ゆっくり沈んでいきながら、途切れる意識は明滅し、まわる身体は澄み透けて、すべてが一斉に時をとめる。そして、経年の砂利底に繁茂するやわらかな苔のなかへ音もたてずに滲入する。

休む必要があるんだと、あなたは水を啜り、引きずり込んではかわいそうだと、さざめく波を見て思う。

わたしは沈黙に息づく彼女の脈を確認したあと、その愁眉の動きを見る。おさまらない、むっとして、許せない、辟易するような、胸が苦しい空匱《くうき》。

彼女は語気強く未知の言葉に応答し、全身の毛を逆立てる。不随意に震え、吐瀉をする。わたしは彼女の瞳孔を目一杯に見つめる。

ハグをして頭を撫でてあげる。

だいじょうぶ、彼女はあなたに告げるから。わたしを伝えるのがあんたの使命よ。

然る間にわたしはうつむいてあなたを見ず、こめかみを伝う彼女の汗を凹んだ臍に溜め受ける。

水面は予言に揺れながら、わたしにたいして慎重になる。あなたは声をかけられず、嗚咽に気持ちを託すことで精一杯の様子。

わたしは指で形を作る。

リヴォルヴ・ミー
ジングル・ソング

焦点は合わず、鼓膜がさわる
動かないこと、背が地につくこと、　わずかな瞬きがある
暗さ、遠さ、華やぎ
わたしの呼吸は、ただなりわいをまなざして。

*

いくつもの線、産毛の生えた柔らかでしなやかな白糸はしんなりと震え、そよぎ、年月の彷徨を誘う。浮き上がる手甲の筋、心根を相構える。それをわたしは見る。彼はあなたに微笑んで、あなたは幸せだと言う。

いくども嵌まり、冷たくなめらかな形状が光り、ほつれ、手指は弱々しく開く。さゆる繊維はキューブへひそみ、綾をあわせて濡れそぼつ。腕の彎曲に呼応して、暗線を無理やり取り繕う。その

角度に眉を作る。それをあなたは見る。彼女はあなたに肯いて、
わたしは黙して沈んでいく。

マジックアワーの到来を夢みて
閉じられた瞼は緊張に震える
眠りとは無縁の果てしない夜に

＊

浸みゆく光、藍色に染まる鳥の夢

　やわらかな音速の旋律は八分間、ゆっくりと喉笛をそわせ、細い声を一擲、リソグラフィ、光を描写する。ふらふらと歩くオイル・フェンスの襞はまとやかにとろけ、沈線に足を取られてインキ滴って藍、ぽたり、じわり、腐蝕して、徐々に浮かびくる気泡を始祖鳥の羽毛に写し取る。石灰岩に安らぐ鳥の目において、大空の光は届けられる過去のパターンでもある。

　指が支えるペンは何度か繰り返し滑り落ち、ひびが入る不定称の元物にきらめきはどんどんより隠れてしまう。書き留める機を逸してしまったと大粒の雫がわたしの鼻から垂れ、触れるすべての臓物にインキは染みわたっていく。そっぽを向くあなたは素知らぬふりで口笛を吹き、hi-ho-hum、浸透していく藍墨を残酷に眺める。つまり、わたしの隔絶が現実味を帯び、賄賂に浸みていったのはほんとうのこと。数分前の過去が露わに霞むその墨痕、その筆脈。線写像を遮る薄い影がタイプミスを誘い、ささやかな字間の割註すら錯誤を招いたようだ。だとしてもトーンを抑えた記述はつづき、そしてわたしの耳に入れる間合いも近かった。耳鳴り。眩暈。柔らかい肌理の土をふんで、つやめく珪石のくぼみに息づき、硝酸の深い傷に皮膜はとろり溶けて、いつまでも目指すわたしは姿を見せない。ふやけるノートにページ一枚が浮き上がり、わたしの捲る仕草が徐々に似ていくのは摩耗するかたちの特徴でもあった。指先の動きを捉えれば、ねえノヴァ、目を細めるまばゆさはあの光であると全員が思っていた。

据わるからくりが異なれば、また明滅の記載を逸してしまうと汗多くの雫が飛び散る頃合い、ついぞ到来を果たさないと囁かれるのは時間の問題でもあった。死んだ隠喩を目のあたりにし、あなたはどうやら踏み固めた模様。古い謂われを眺めるあなたの睫毛が瞬き、ふん、あやなす綾書きを読む努力はしないと高らかに告げる。そうかしら。あらかじめ精査された濃度の区切りないその先へ、固有名として振る舞えるだけの雅量は十分にうかがえた。だが、接続詞はつかず、あなたの指は律動に振れ、ふらふらと歩く距離を測りなぞり、滴って藍、笛の音はふくよかなオイル・フェンスに吸い込まれていく。

　だんだん空は濡れるとばりを広げ、点々と天体が浮かび、ぷくりと泡沫が浮かぶ様子が仄見えてくる。羽毛をたっぷり備えているのは始祖鳥が静かに寝息をたて始めたからだった。八分間、じっくり待ったのだ。やわらかい輝きにわたしの文字は感光し、書かれたわたしを逸してしまう。わたしの臓腑をわたしが知るところはない。

目睫耳たぶの切れ間
　破顔するひとは
駆け抜けて
ゆくでしょう
もつれた一髪がひきつれ
頬の生毛を撫で揺らし
軽やかなステップ
そして
ふらつく足先が
つまづいたとしても
思い起こされることはない――

残留する微笑みは
　跳ねる肩
　　遠ざかる背
あれがわたしでないとどうして言える？

喉笛をそらす声音がうわずるわけは、ある白さがインキにたいする、ある種の約束であったから。まばゆさを受け取った、液滴の目くばせであったから。
ねえノヴァ、あなたは主語でいてください。

ゆったりとしたオルゴル調弦に音速の調べは寄り添い、描写の線のインキを垂らして華やかに回転する。一切を引き受ける光が彫り込めたのはその輪郭だけ、とするアイ・ダイアレクトの走り書きに、もうだれの目も光らなくなる。静寂、しじま、九十九夜のしじらはやわらかな襞の沈線を藍色に染め、糸をゆるめてしぼを成す。多くの凹によりさらに目立つ一秒前、覗かれなかったノートは開かれたまま微かに酸の臭いがする。堆積する死骸のうえに檄する文字は毛細管に染色を通すと、噂にたがわず食い込む爪のあいだから非在の上澄みが中空にたなびく。

光が届くそのあいだ、八分間と呼ばれる名の時刻、藍深く濃く、わたしに滲み、きっと指の先まで満たすから。たとえわたしを蝕むように見えたとしても、笑って、数分の過去が光を届けているかぎり、きっと呼吸は途切れずに、書かれた文字をまとうから。

もう終わりに向かうだけの光、冷えていくだけの光。雲間からのぞくやわらかな音速の八分間、感応していくこのときに細い喉を震わせる一擲を、ねえノヴァ、ようやくね。

子どものころ、わたしの部屋は窓辺から月光でとても明るく照らされていて、そのときだけは穏やかでした。だから月はやわらかな思い出です。

*

曖昧な音便を過去形で語るとき
旋律から抜き出す手文字の呼び名をさぐり
仮名綴りへ一拍を数える
それはやや宙に浮き
狭間の稜線をなぞる筆意が字訓にぶつかる
高く跳ね
すばやく
繰り返し
光沢を帯びて

リフレインが数えられ
乾いた唇のひび割れを未来形で語るとき
正位置に整えるよう指呼される
助詞の繰り返しに不備とあげつらうなら
ここ曖昧な音便の球体はつややかに
音仮名を集めて
ただやわらかなメロディを繰り返す

眠ればすべて夢だったと、この日々のことを思うはず
海より深く、潜って素早く藍色を、エレクトロ、まだ目指せる

*

ブルーの瓶を傾けて浮かびくる文字は、ひしめくひそけさに満ち溢れ、そのノスタルジーへの抵抗を仄かに白む身体へ届けることが灯びとなる。大きな分岐にさしかかる、視える、ひそかに、ひそやかに、このなめらかなスリップ、通り過ぎて遠ざかる。

何もないということ

そう、それがザッツ・ライトの光だった

Carafe に落ちるブルーのかげへ囁かれたひみつ、耳に残る言い回しのまぶしさ、くるくる、まわって見失う、それ、ひそかにいき、いきたい、しにいきたい、ひそやかに、途絶えてしまわないよう、その点呼の方角へ。

何もないひそけさに、ひそやかに

そう、それをザッツ・ライトの光として

海より深く潜れ
エレクトロ
そろそろもう安らぎに揺れて

＊

わたしの自己主張は寒暖にさみしく水に浸かり、顕示するしなやかな薄い皮膚もまた、詳細を知らずに呼吸する。乱射する数多の粒子《パウダー》は明滅して暗中に消えず、それぞれを惚れ惚れと覗いてやまない。溶け入る。あなたの思慮が魅了の契機を生々しく呼び寄せ、別れの刻に消息の比喩を涙する。閃光が破裂し、輪舞《ロンド》の駆逐が遂行される。油性インキが共沈する。空《ヴオイド》。流れつづける高熱の滲み、仄暗い静寂《しじま》の底から滴る雫に小瓶をあてる悲痛さをスタンディング・オーベーションが迎える、そのまぶしさ。

諦めの時間
眠りの森へ向かう脈動を測る
樹の幹をとおる水
エレクトリックの静かなつぶやき
響く加湿器の音

*

水面の波紋を見上げてみると、しょっぱさに粘膜が爛れ、やわらかく差し込んだ陽射しの一瞬を思い出すのは、だれでもなく、改葬されてもなお残った記憶なのかもしれなかった。陶酔の仮託に抱かれ揺れ動き、すっかり眠りにつくかもしれない。帳《とばり》は綻る襞のかぎりに深く、多くの夢が引き寄せられたという。が、それも定かではない。鈍く発音する低い声に眉をなでつける者もいた。目にものを見せてやりましょう、と開いた喉の台詞はこんどは高らかでメロディアスだった。口角が上下し厚唇が縦に横にひらきそのたびに声色を変え、客の話はまだつづくという結末があって、その終幕はあたかも無拘束を前提としており、そのうちにまた水溜まりがあるようだったから、きっとそこでわたしは溺れる。人影が伸び、碧色に染まるこの先をタイプする観客は拍手まばらに帰り仕度をはじめている。

遠ざかっていくエレクトリック・パレードが微かに見える

*

空が分割され、全天をズタズタにするのは浪漫への憧憬したたる電飾ラインだった。酷薄を描くストロークで切り刻んだまたたきの配置、そのコラージュは歓待そして叡許《えいきょ》された。光をはやみうなる希望は線形となり、西洋古来の占星術を仮説としながら未来を気遣う瞳は、Ｈｉベイビー、飛び散る伝言を写し取る。積み重なる単純な星躔《せいてん》の固定が微光わずかな恒常を望むとしても、夜空の強慾なストーリーを点さぬよう、そう、一冊の本が残される。

あらたに射し込む光源へ来たる勾配が翔け抜けていくとき、トゥインクルスターに祈る易き錯誤をはね除ける3分56秒のずれ。計測に待機する慧眼をもってすればアストロロジカル・サインの気運を行間に読むこともできた。きらびやかな電飾パレードにミソロジーは呼応し、炎痕の痛みを、厳格な暦法を広大な空白に放つ。銀翼を広げ軽々と踏み抜くもの特有の浪漫に覆われていく。

（だから、ここにはなにも書かれていない。）

暗い部屋、宙に粒子が見える。
目を閉じる。目を上げる。広くぬけるようなブルースカイ、弾力
の緊縮が強い雲。
すべて突き抜けるような光あふれる白昼の霞が一瞬の眠りを包む
だろう。

＊　わたくしの隔絶は

焦点が合わないうつろなわたくしは前からそこに佇んでいたようだった。土を踏むその脚力を考えたことがなかったのか、多くがわたくしを Nyctalopia と呼んで、日付と学名をこぞってノートに書き込んだ。そのわたくしの特徴を熱心に描写した。後年に口ずさまれるよう修辞を駆使した詩文だったという。旋律に乗せることがはなから目論まれていたのだろう。

どれをとっても残酷な復讐としてのわたくしは、それは実際、固有名として、いつの日のことか、わたくしの隔絶が現実味を帯び、拘束され、名が書き換えがたくなる、というのはほんとうのこと。

想像に投影は自由でしょうからどんな詩篇が紡がれようとも、と睫毛の影がひとつ落ちたけれど、それでもなお、諦めない気持ちは持ち続けようと思った。

保持するわたくしのひと息が詩文をふたたび奪還したとき、シンメトリーの押韻がぼろぼろと落ちた。わたしの涙。受けとめるべきだったか、との問いかけに、わたしの歴史はパシャリと撮られる。

白昼の残像は多弁である

＊

つややかに夜目ひらくヴェガ一行の記

ひと呼吸するいまこのときの空白、それはヴェガという一行の間。あいさつはなにより大事、なんにしたってまずはあいさつよ、そう告げてから口八丁の結果として咳コフひとつ、あわや、急いで猿と名乗った。つややかに潤む目元に取りつくしまはなく、一線を画す照空の底光りを不文律のアナグラムと見る向きもひと熘れが初見の証左といえる。右頰を差し出す猿の仕草はやわらかく優雅でしなやか、また熱心かつ丁寧だったがたいがい、あまりのかすれ声だったからがた、ごと、車内、火のつく眉多々一斉のしわ、ハの字、八の字、エイト・ノットのゴルディアスからめど古傷を縒った深さに相当するとの憶測も飛んだ。書かずとも滲み出るナンセンスは、あらわ、とばっちり、踏まれる寸前。あなたは猿の肩を抱いて、吊るし上げを喰らう助数詞の筆跡の震えがた、ごと、揺れる肩を揺さぶり揺らし、やけにゆっくりと真っ赤に染まった舌を出す。あまりにもつづけざまで不躾な小細工ととられたのかもしれない。もちろん生身のキッスは、すわ、大逆と伏し目の視座を目の当たりにすれば、あまねくノーマルと言いきって憚らない厚顔もうなずけた。開くドアへのご注意を駆け込み調書と追筆するアナウンスの鼻母音が鼻を啜る泣き面の落涙と二文字の拗音を捻り唸りするアナグラムのぱらつく字間になだめることからしてたしかなものだった、とするあなたの証言はひとまずここまで。口パク、かき消される。こわいでしょう! 女の意図的な splash の大笑いを約束する、身密、口密、意密、ふふ、三つの付け焼き刃だから、それもこれもそもそもなあなあ、知らないシラブルの歳差に黄金世紀の鼻唄で応じる。朱筆の誤りしなりはやりかなるかぜの修辞を鼻高々に駆使して女はて、QED、わたしを彼と謳ってほほほ、インデックスに札を首へかけた。大袈裟な筆はこびによるカナクギ文字を、なるほど女は熟知しているようだ。ややあって数時間に亘りさんざん灰を撒き散らし、吐く息で巻き上げて、咳ひとつ、コフ。彼女はアルファベットで縫った古傷をぼりぼりと掻いて、数時間に亘りさんざん撒き散らした灰についてあちこちのシリアスを光行距離で寸尺借景するためだと、咳ひとつ、コフ。窓を開ける。

一行の間、あく。あなたとしてわたしの猿はタッグを組むが、彼女はガムを巻紙にとりだし、なにより熱心に丁寧に、もとよりヴェガの意味を説いた。ワシでタカで墜落ででっち上げた講話を意図的なsplashで嘯きながら、おまけに詩篇へロマンティックを乱暴にすげる。やわらかで優雅な語りに任せてほんとうの話かこれまことの話かなどと訝しみ押し問答する勢いは移り疾苦を閉ざし、憂鬱なネズミ色のセメントの壁を灰汁で糊塗する流れとなる。出口なし。あなたがはっとするとき、猿の指先がぴくりと動いたことをわたしはたしかに認め、つややかな爪が濡れ光る照り返しにいささかも見えないのであれば、あいさつの磁場であってもおかしくはなかった。そう、ありうる話ではあった。

では言っちまうけど、真夏の白日に祭典を押し通すわけはあれほどのしょぼくれなのに！　猿はみずからを彼に見立てて、はかばかしくはばかられるばかばかしい仕草で、やあ、口鼻を押さえる。百日紅が咲いたとてあまりに遅かった。女は目ばちこができた腹いせもごちゃまぜに、あなたの目の子の決まりを身幅目鼻の間となじり、ノーマルでなければわかりえないと鼻母音でお為ごかしだ。ただしひと呼吸の磁場にわたしが息づき息の根を張り、うわの空のアルファ・スターに標結《しめ》う矩体であることも抜け目なくじろり、あげにらむ。あなたのわたしとしての猿は右頬の紅潮みるみるに、口端にいっぱいの泡を溜めた。団結を美とカノンに執着するなら——すでにあいさつする準備に入っていた——腕毛を脱く気はさらさらない、と筆圧強く記入せよ！　そう猿はわたしに叫ぶ。わたしも乗じて昂ぶり、物語というのなら臭気を放つ臓物を書け！　とあなたに口角泡を飛ばすが、あなたはあなたでかの光なきコンクリート部屋での暗さと湿度と密閉の歴史についてわたしとしてあなたの猿へ赤裸ぶちまけている最中。それぞれの形相は眉間の産毛そそ逆だって、つややかに潤む目元に取りつくしまはない。だってそういうものだから、ロマンティック。

わたしはわたしのフォーメーション、それぞれさざめいてうごめいて揺れて、ノットを結んだ末尾に口パクであいさつして、なによりも声の仕草はやわらかかつ丁寧と心がけて、一行の間をやはりヴェガと呼ぶ。

耳鳴り
あたりに響く虫の音も刺さる晩
夜は天球が近いから安らぐのは自明とまたたく瞼の動き

＊

身を起こそうとしてもつれる足に
数式はぐにゃりと曲がり
人影の関数を孤独とみなす空白がある
漂白され凋びる規式へ潔浄を求め
日日刻刻と
無慈悲と欠片の大きさが膨らむ
白日の晴天に
息を吐き
息をとめ

息を継ぐ時
エモーション、さざめいてほしい

それでもやすらぎは彼方を指さし
待機するナンバーとして
ただ黙すことを撓《しな》う幕間に
ト書きの説明は意味を成さず
クチクラは孔をほそめる
名を告げ
名を研ぎ
名を失くす時
憂懼の鐘が鳴る
エモーション、さざめいてほしい

今日もいろいろなことが過ぎ去っていき、あれらはなにかの光だっただろうと振り返る。あの光、遠くにちらちらと見える、夜の静寂さの間から、すばやく、そして目に焼き付くための光。

＊

影
燦めくシルエット
みずからの刻
見えない宵の静寂
とはいえ時よ、落涙たけなわに灯火を告げるでしょう

留まることへの躊躇をなぞり
情意なにかしらの欠遺に触れる

ただし宙に結ぶうたかたが軌跡にもなったと
パブリック・イメージが夜陰で音をたてるかもしれない

倒れかかることもなく
あまり冷え込まなかったころ
粒子の濃度の大半が白んじる午后の笑声に読みとれた
陽光の相者がたたえる明朗で晴れやかな一文を
泥臭い指関節ひとつひとつ
暮れゆく磁力に向けて
どこまでも緩慢に伸びゆくと
先は星回りに届くだろうと囁かれた

この時間、夜、耳鳴りが静けさを巻いて不明瞭さへ拍車をかける。

わたしのいっさいは、遙かに軽く高じられる定量、かつ、いなされる山である。

手に貫く話をたらふくたたえ、夜と闇の間隙を壁に糊塗する。それが挨拶として機能するなら、そう、そこが灯る地の摩天楼だ。


（おやすみなさいの挨拶）

＊

一瞬の覚悟はなぜ風景を見せ、スローモーションで、流し、壊し、抉り、薙ぎ倒す事柄を二、三思い浮かべたわたしの共振へ、咽ぶのはただ必ずの火である。

片手を挙げたときうしろへ倒れていく。夢はあんなにも華やかだった。それを隣人に伝えようとわたしはペンをとる。インクをぐるぐること。

その先へ、その先へ。

一瞬の覚悟はいつうつくしい夢を瞳に湛え、エモーショナルに、流し、壊し、抉り、薙ぎ倒す事柄を二、三思い浮かべたわたしの共振へ、咽ぶのはただ必ずの火である。

夜。反転する。

＊　ひらり、とまり、ふわり、

鼻孔のふくらみが感ぜられるときたいがい鳥の幼名は突き抜ける空の際にあてどがない。浮き足だつ濃緑に白昼の酒気は生毛そよぐ紅潮にうふふ、萌え咲きにぎにぎしい。晴天、予報では鳥の運勢も悪くなく、フラグはためく鳩バスツアーは羽根の無軌道を見つめてやまない。ひらひら、のめる放歌に樹木は揺れ、葉脈透けるあまたのベンチに数字の焼き印がなめらかな隔世を刻む。幾とき幾ひらの羽根、白い perspective 降り積もり、たちこめる花明かり点り、浮かび、めぐり、旋回、すべて歌を見る。

（暗い部屋）

みなわたしを踏んでゆくのがつねなので、やわらかいおなかを靴先のゴム裏に踏み込まれるさまと、満足を象る口唇から漏れる愉悦は見慣れたものではある、しかし慣れない時間。

歩みさってゆくひとはわたしを踏んだことを忘れて、おいしいものを食べに行く予定なのだって。

＊

翼の角度、そのシルエット、その距離は、おのおのの料簡で、つぶやいて、ゆっくりと首が、柔らかく、まわり、気づくと瞳はあなたの瞳を覗き込んで、おそらくQ、と肘をくっつけた。わたしは深刻な顔をしていたと聞く。荒々しく、いやらしく、えぐってしまう暴言が口から出ると、あなたは思っているのだから。わたしは名乗らないことを選ぶ。わたしとは肘をくっつけない。なぜなら、という補足がある。柔らかく、支えられて、ゆっくりと、やさしく、あなたへ微笑みかけるが、眉は顰めて。あなたは信じてもらえていないの。あなたは言う。そう、おそらくQ、わたしは信用ならない役割を担う語尾。トメ、ハネを正直に、無邪気になぞるわたしはたしかに居心地が悪く、そっぽを向いて、上空を指差して、羽を広げて、ふわふわ浮く、そういう鳥、ふつつかに大きな鳥だって。

日が暮れ始めると、眩暈、そして耳鳴り。
気が塞ぐ、ナーヴァスな兆し、なにもかもに当惑し、ひどく不安
になる。それは目の伏せかた。
意識がたどれなくなるまでの数分、目に映るものは何か。

*

薄く薄く毛細管に沿ってニワトリの鳴き真似は粉塵を照らし、だが高らかに、とはいかなかった。すっ　と、さっ　と、清めるのだとひとりが言う。その部位のこと、抜け目ない仲間うちの決めごとでまやかす諸法度を書き残し、僕、静かにさえずっているみたい。そう、タルタッタのリズムを望んだから。それが吉だと振って従う柔毛を一本ずつ抜いて倫理の賽を転がすなら、そのように残念ながら言ってしまうの。真似ない鳥、去るネ。さよならの口角はこのとき胸郭に浸み入る僕の願いであって、触れる指骨いくつかがスライドする。すっ　と、さっ　と、すげ替わるひと型へ涙してもかなわないと曇り空を指さすの。行くネ。喉から吹き出す縷々の話、ここに来て、何代もの語りを知らないことをあなたは思い知るでしょう。赤いとさかにしか背けない僕なるものを蝕む琴線をなにごとだと僕は言うのかしら。すっ　と、さっ　と、模型の倫理のネ、あらんかぎり願うだけで壊していく。肢体を丸めて叫ぶ姿でなんて言ったと思う？　そのことば、その声が生き血を携えて、その先の賽の目は読めない。空を指さすと信じて、叫びが耳を掻き回す、やさしい鳥の目もこわくて震えるの。

ただ
いま
ひとつを刻む音
からっぽのそれ

＊

埋もれた土地、その鳥

ひと掬いのスプーンに乗せられた臙脂色の、ざらざらとした結晶は、いまだ発見されぬ土地から長い期間を経て運ばれ、彼女の口に入る。

痛い、と彼女は言う。彼はその姿を眺めると小首を傾げもうひと掬いして、彼女の口に入れ、彼女は飲み込むときまたしても、痛い、と声を上げる。

焼けるような痛みに、彼女は涙を流す。継ぎ間なく掬われては口に入れられ入れられれし、どんどん肥る彼女を見ている彼の顔色は変わらない。涙をハンケチで拭いてあげ、開いている口に冷たいスプーンを運び、彼は小首を傾げつづける。

彼女の膨らんでいく身体は秘かに匿まったように見える。浪漫という名であり、占有という業でもあるそれは、いずれ彼女の痛みから発見されるだろう。彼はそれを知ろうとしない。

そのうち彼女の口は尖り、飲み込むに適した形になっている。そして彼のスプーンをせめて押しのけてその嘴で直接啄む、結晶を啄んで急いで吐き出す。つかえながらも吐き出してもはや痛いとも言えない。言う口がない。代わりに出るのは、空気を切り裂く甲高い啼き声。それは久遠に哀叫するトーン。

彼はようやくスプーンを置くと、彼女の背を豊穣に覆う大きな羽根を一枚一枚ゆっくりと撫で、一枚一枚たんねんにぷつと抜き、やさしい微笑みを浮かべる。彼女の羽根はそのたびに逆立ち色を変え、地面に散らばるそのさまはうつくしい修辞でていねいに綴られる。彼の鼓膜が破れるとき、それを塵として。

秒針の稼動は
安らぐ瞬間へ
わずかにひらき
部屋の片隅に積もっていく

＊

恋狂い、また

ひそやかな黒すぐりの色、口まで運べず地に落ちて潰れてしまったそれは、彼と彼女のひそやかな囁きとゆっくり混ざり合いながら、ひとびとが名所と定める碑文へ向かって流れていく。

凍えるほど冷たい息の交換を赤黒く染めて、広がり、広がり、夕焼けとなり、次第に暗い、黒い空へひとびとを連れて行くが、多くは吸い込まれてもう戻らないというのに、もうそれへと変化《へんげ》していて、もうすでに。

彼と彼女は彼と彼女の音節に区切って口にしては、くすくすとつつき合い、騙し合い、さらに夜を黒々と広げていく。まるで二人が所有する世界。

やや多くある彼と彼女の腕にはわたしとあなたを象るものもあり、複雑な角度に曲がるもの、そのうちのフィットを許された二つだけが二人の掌の温度を伝え合い、やや多くある彼と彼女の足はわたしとあなたのわずかな抵抗でさまざまな方向に引っ張られていて、そう、もうすでにすでに。

雷鳴の呼びかけにも応じない、否、応じなかったのは二人というだけ、あらゆる腕は背の方に回り、わたしとあなたにちょっとしたものを見せつけたかったと言う。ほんとうに書くに足りない、ちょっとしたもの。

勢いをつけた彼の蒼白く滑らかな身体は二回くるくると回転し、ぐらついていくばかりのように見えた。彼女の目にもそう映り、冷たい息を吐くことをやめれば世界は whole になると信じていた。彼はそのことを知らず、囁いては潰れたすぐりに塗れ、頬を赤く染めて碑を鼻にかけて回ることをやめない。

二者にはまだわたしとあなたのそれらは少なすぎるのだった。

無数の腕で増えゆく足指を包み、彼女は歩み出そうとしてもつれかけたが、彼の回転の武骨さに比して平静になる。別れの挨拶へかける指先を考えて、またそうでない器官を晒すために外したリベットを握り、わたしとあなたに一瞬気がつく。そして、見る。真顔で見て、首を傾げる。

夜は長くおおう
宵闇にむかうプロセスを踏む

＊　オブスキュア・オブスキュラ　obscure obscura

到来する混光のとき

シーア、なにもかも昏明へ像をとかすころ、日月《ひづき》は凜冽な透写紙の沈線をたどり、なぞり、とまり、変わりゆく目性を眼前に灯す。ゆすりかたる識者のあなたは網膜の命法にページの数字を信じず、ナイロン製の毛筆の噺きにも応じるそぶりはない。そしてすべてを符牒と読み換えて、ひとつひとつ、丁寧に誤っていく。

［ここ］、鮮やかな光に輻輳する視差、そのまたたき。

ほんのわずかなあわいへ入射する欠片の集積に、インキの粒子へ埋め込まれるモアレは経糸に開かれ、クリプトグラファのわたしは浮かび上がる表意コードを繊維に写しとっていく。

あなたは微温い朱墨に指先を浸して、口元からいってき恍惚を垂らし、そら、頬を染めてうっとり、図示の甘美にのぼせている。

曰く、だって、わたしがいちばんだったから。修辞法の駆使に息づくノンブルがすぐそばで囁くと言う。

消え結いて去る水面を眉目《まみ》にたたえ、シーアはいっそう目をつむる。冗字から透字への移行を感じとるとき、「ここ」は消逸する頃合いだと教わっていた。遠い向こうへわたしはブレイクラインをタイプする。

そして、文字の輪郭を手放してほどなく、潜像に到来する忘却をただ繰り返す。

おやすみ、とハネムーンは息を吹きかける。ファンタジーの語群ね、とわたしたちはうなずき、華々しい輪を描いた。足裏で、指先で、砂浜で。

*

静かに語り始める。いくつものスライスの環が絶えず運動していることについて。身振りをまじえて。釦が取れかかると見る。部屋に満ちたヴィヴィッドが呼吸をする。談話となる。次の環がスライドし快活で生の痕跡をありありと描く。針が振れる。赤くって壁孔を通じ舞い上がる倫理の断層が明るみに出る。フラットになっていくソネットの速さ。一室に息づくプラネットの時間を探すということ。その白んじる視界について。感応、そしてプロトコール。廻ること。巡ること。静かに分散へ癒着する。コロイドの膠とみる。

指先の摩擦へ問いかける、その瞬きの先に。

鐘が鳴るとき、針の指す方角へ

*

なにか、さまざまな、書き記したいが、口をついては出てこない多くのこと。

力み、嘆き、悔しく、臥せること。

そのことば、埋葬するための土はほぐされている、という事実において。

一緒に、と歌いかけ、力を、と踊る、もっと熱っぽく、リフレイ
ンを呼び覚まさず、まんじりともしなかった瞳が見据える、その
先の一点の汚辱の、そうした、なにか、さまざまな、とうに逸し
てしまった、ことば。
それを羅列する、書記する、そのことについて。

覚えておいてハニー、あれが日付変更線よ

目次——黯らかな静寂、すべて一滴の光

（眩暈と…　5
＊（わたしが…　6
（さざめき…　9
＊（まなじりに…　10
（暗い部屋、蒼…　13
＊（とつとつと…　14
（焦点は…　19
＊（いくつもの…　20
（マジック…　23
＊浸みゆく光、藍色に染まる鳥の夢　24
（子どもの…　31

＊（曖昧な…　32
（眠れば…　35
＊（ブルーの…　36
（海より…　39
＊（わたしの…　40
（諦めの…　43
＊（水面の…　44
（遠ざかって…　47
＊（空が…　48
（暗い部屋、宙…　51
＊ わたくしの隔絶は　52
（白昼の…　55
＊ つややかに夜目ひらくヴェガ一行の記　56
（耳鳴り…　62
＊（身を…　64
（今日も…　67

＊（影…　68
（この時間…　71
＊（一瞬の…　72
（夜。…　75
＊ひらり、とまり、ふわり、　76
（暗い部屋）…　79
＊（翼の…　80
（日が暮れ…　83
＊（薄く…　84
（ただ…　87
＊埋もれた土地、その鳥　88
（秒針の…　93
＊恋狂い、また　94
（夜は…　99
＊オブスキュア・オブスキュラ　100
（おやすみ…　103

＊〈静かに… 104
〈鐘が… 107
＊〈なにか… 108
〈覚えておいて… 111

右記作品のうち、『浸みゆく光、藍色に染まる鳥の夢』は「ユリイカ」二〇二〇年八月号、『つややかに夜目ひらくヴェガ一行の記』は「現代詩手帖」二〇二〇年五月号、『オブスキュア・オブスキュラ』は「文學界」二〇二〇年一一月号に発表。その他は本書が初出である。

奥間埜乃（おくまのの）——

一九七五年、東京生まれ。

詩集

『さよなら、ほう、アウルわたしの水』（二〇一九年・書肆山田）

黯《くら》らかな静寂《しじま》、すべて一滴の光＊著者奥間埜乃＊発行二〇二
一年一二月一〇日初版第一刷＊発行者鈴木一民発行所書肆山
田東京都豊島区南池袋二―八―五―三〇一電話〇三―三九八
八―七四六七＊装幀亜令＊印刷精密印刷ターゲット石塚印刷
製本日進堂製本＊ＩＳＢＮ九七八‐四‐八六七二五‐〇二二‐八